ZOLO ET AMORIS

ÉGLOGUE

PAR

ÉZAÏDA

I0683691

ou

Mademoiselle Hélène ARPIN

AUTEUR DES AIGUILLES (POÉSIES)

DOULEUR D'ÉZAÏDA.

J'ai tout rêvé, mourante Ezaïdie :
Oui, j'ai rêvé, dans mes sombres douleurs,
Du rossignol la douce mélodie,
Le frais ruisseau, l'herbe de la prairie,
L'ombre des bois et le parfum des fleurs ;
J'ai tout rêvé ; Gloire, Amour, Poésie ;
J'ai tout rêvé ; tout m'échappe....et je meurs!.

Se vend au profit des Pauvres.

« *Payez la dîme à l'indigence,*
« *Et le Bon Dieu vous bénira.* »

(Béranger.)

Prix : 40 centimes.

A BORDEAUX

CHEZ FÉRET, LIBRAIRE, FOSSÉS DE L'INTENDANCE.

1859

43053

ZOLO ET AMORIS.

Bordeaux. Imprimerie RAGOT, rue de la Bourse, II–I3.

ZOLO ET AMORIS

ÉGLOGUE

PAR

ÉZAÏDA

ou

Mademoiselle Hélène ARPIN

AUTEUR DES AIGUILLES (POÉSIES)

DOULEUR D'ÉZAÏDA.

J'ai tout rêvé, mourante Ezaïdie :
Oui, j'ai rêvé, dans mes sombres douleurs,
Du rossignol la douce mélodie,
Le frais ruisseau, l'herbe de la prairie,
L'ombre des bois et le parfum des fleurs ;
J'ai tout rêvé ; Gloire, Amour, Poésie ;
J'ai tout rêvé ; tout m'échappe... et je meurs !.

Se vend au profit des Pauvres.

« *Payez la dîme à l'indigence,*
« *Et le Bon Dieu vous bénira.* »

(Béranger.)

Prix : 40 centimes.

A BORDEAUX

CHEZ FÉRET, LIBRAIRE, FOSSÉS DE L'INTENDANCE.

1859

L'Auteur, Ézaïda, est bien malade depuis
vingt ans.

A SA MAJESTÉ

NAPOLÉON III

Empereur des Français.

SIRE.

En poètes divins le siècle est peu fertile.
Les rimeurs du commun encombrent l'Hélicon ;
Ils n'ont point égalé le modeste Virgile
Dont la flûte champêtre éternise le nom.

Notre siècle, en retour, compte plus d'un Zoïle,
Et plus d'un Mœvius lance son aiguillon.
S'ils osaient attaquer le moderne Virgile,
Prêtez-moi, prêtez-moi l'appui de votre nom.

J'adresse à l'Empereur, mourante Ezaïdyle,
Mon Eglogue immortelle et digne d'Apollon :
Auguste protégea les écrits de Virgile,
Et Virgile a d'Auguste éternisé le nom,

EZAÏDA.

Nos, patriam, fugimus. . . . .

VIRGILE.

Nous fuyons. . . . . . .

ZOLO ET AMORIS

ÉGLOGUE

AMORIS.

Viens, ne me quitte pas; suis moi, mon cher Zolo;
A mes blanches brebis mêle ton noir troupeau.
Tes chèvres ont déjà parcouru ces contrées,
Et, par les feux du jour, semblent être altérées.
Viens, je veux les mener près de ces bords fleuris,
Où j'ai, dès le matin, abreuvé mes brebis :
C'est un vallon charmant, un réduit solitaire,
Que jamais ne foula le pied d'une bergère.
Même nos vieux bergers, si rusés et si fins,
N'ont pu de ce vallon découvrir les chemins.
Tu vois que des buissons en dérobent l'entrée.
Si ma chienne Lysbé ne s'y fût égarée,
Et ne m'eût averti par ses longs aboîments,
J'aurais pu l'ignorer, moi-même, encor longtemps.

Près de ces joncs épais, vois ces herbes montées,

Que la dent du bélier n'a pas encor broutées;

Vois ces trèfles en fleurs, dans les champs répandus,

Où mes jeunes agneaux semblent s'être perdus.

Depuis que mes brebis descendent dans ces plaines,

Elles rentrent toujours les mamelles bien pleines;

Et le jaloux Atys voit d'un œil envieux

Mon troupeau se grossir et charmer tous les yeux.

Toi, permets que le tien broute dans ces prairies;

Ami, comme nos cœurs joignons nos bergeries.

Vois-tu ce petit fleuve aux rivages riants;

Ces jeunes peupliers et ces saules pliants;

Ces marronniers touffus non loin de ces vieux chênes;

Ces tilleuls, ces ormeaux qui bordent ces fontaines;

Ces massifs de lilas, de myrtes, d'orangers,

Dont les fleurs, au printemps, couronnent les bergers?

Viens, Zolo, nos troupeaux, sous ces divers ombrages,

Trouveront les plus frais, les plus gras paturages;

Et, mollement assis près du courant des eaux,

Nous pourrons, à loisir, enfler nos chalumeaux.

ZOLO.

Ami, ce temps n'est plus où ma flûte champêtre

Annonçait aux bergers que le jour va paraître;

Où, doucement couché sous l'ombre de nos bois,
J'égayais mon troupeau des sons de mon hautbois.
Ezaïde est mourante..... et mon âme en tristesse
Ne fait plus résonner nos chansons d'allégresse.
Un ciel trop inhumain nous condamne à périr ;
Ezaïde est mourante, et moi je veux mourir.

AMORIS.

O mon tendre Zolo, même peine cruelle,
A versé dans mon sein une douleur mortelle.
Mon cœur, simple et naïf, était fait pour aimer,
Et la même bergère avait su me charmer.
J'adore Ezaïda ! Qui ne l'aurait aimée !
Les grâces, pour l'amour, semblaient l'avoir formée.
Ses traits, ses traits divins, son sourire enchanteur,
Enivraient, à la fois, et l'esprit et le cœur.
Qui pouvait résister à son œil doux et tendre,
Que jamais à trahir aucun n'a pu surprendre?
Toi-même tu sais bien qu'aux sons de nos hautbois
Ezaïde souvent mêlait sa douce voix :
Comme nos peupliers sa taille est élancée;
Sa course devançait notre flèche lancée.
Dans le courant limpide elle allait se mirer,
Et les flots s'arrêtaient, jaloux de l'admirer.

C'est notre Galatée, et Diane elle-même
N'a jamais su charmer à ce degré suprème.
Nos bergers en sont fous : Corydon, Lycoris,
Amyntas, Palémon.... Ils en sont tous épris.
Même nos vieux bergers, nos jeunes pastourelles,
Chaque jour lui trouvaient quelques grâces nouvelles.
Nous l'aimions tous.... Les Dieux, irrités contre nous,
Les Dieux nous l'ont ravie, et nous la pleurons tous.

ZOLO.

Amoris, dois-je ici te dire ma pensée?
La majesté des Dieux, je crois, est offensée.
Nos bergers, de richesse et d'honneurs envieux,
Pour eux travaillent trop et négligent les Dieux;
Ils n'ont plus cette paix, cette aimable innocence,
Qui sur nous attiraient la joie et l'abondance.
J'ai vu le vieil Egon, pour grossir son troupeau,
Dérober une chèvre et voler un agneau;
Et la jeune Aglaé défaite, sans haleine,
Sortait avec Lycas de la forèt prochaine.
Aussitôt qu'il m'a vu, Lycas s'est vite enfui;
Mais les Nymphes, dit-on, sont toutes contre lui.

LE VICE A DÉBORDÉ COMME UN FLEUVE RAPIDE
QUI DÉPOSE UN LIMON MALSAIN, NOIR ET FÉTIDE;

NUISIBLE A LA RAISON, PERFIDE A LA SANTÉ,
ET L'AIR DE NOS HAMEAUX EN DEMEURE INFECTÉ.

Moi, je crois qu'Ezaïde est la douce victime
Que demandent les Dieux, les Dieux vengeurs du crime.
Pour nos crimes aussi nous sommes menacés,
Et les Dieux contre nous, ami, sont courroucés.
J'allais, pour Ezaïde, implorer leur justice;
Déjà je commençais mon pieux sacrifice;
J'avais posé, moi-même, au milieu de l'autel,
Un vase de lait pur et des rayons de miel.
Tout-à-coup une voix au milieu du tonnerre :
« *Le ciel est irrité des crimes de la terre;*
« *Tremblez....* » Je reculai plein d'une sainte horreur,
Et je ne peux encor revenir de ma peur.

AMORIS.

Cher Zolo, comme toi l'avenir m'épouvante;
Je ne dors plus; je marche ainsi qu'une ombre errante;
Et j'ai vu, hier au soir, au tombant de la nuit,
Un pâtre et ses troupeaux qui fuyaient à grand bruit.
Je criai d'assez loin pour qu'il daignât m'attendre;
Mais lui, fuyant toujours, semblait ne pas m'entendre;
Seulement il disait : « *La guerre.... la terreur....* »
« *Nos ennemis partout fondent avec fureur....*

« *Les flots ont ravagé nos campagnes fertiles,*
« *Et la flamme et le fer ont décimé nos villes;*
« *Nous fuyons.* » Je restai le cœur rempli d'effroi.
Qu'en penses-tu ?

ZOLO.

Mon Dieu! je pense comme toi.
DANS UN SOMBRE HORIZON MON AME SEMBLE LIRE :
JE PRESSENS DES MALHEURS QUE JE NE SAURAIS DIRE;
J'ENTREVOIS L'UNIVERS SURCHARGÉ DE DOULEURS,
ET MES YEUX, MALGRÉ MOI, LAISSENT COULER DES PLEURS.
Depuis que j'ai perdu mon aimable Ezaïde,
Tout ce qui me charmait me devient insipide;
Et si le lait si doux, que je trais tous les jours,
A mon Ezaïda n'était d'un grand secours,
J'abandonnerais tout.

AMORIS.

Berger tendre et fidèle,
Je vis pour Ezaïde et ne vis que pour elle;
Je l'aime.... et ses tourments, ses horribles douleurs,
Même, dans mon sommeil, me font verser des pleurs.
Pour lui plaire, je vais à la ville prochaine
Porter, chaque matin, les produits de ma peine :

Des fromages tous frais, les fruits de mon jardin,
Et des paniers d'osier façonnés de ma main.
Parfois je ne vends rien; alors je me désole;
Mais aussi, très souvent, j'en obtiens quelque obole,
Et joyeux, je rapporte à mon Ezaïda
Quelque petit cadeau qu'elle me demanda.
Sans cela, pour jamais dégoûté de la vie,
J'aurais, depuis longtemps, quitté ma bergerie.

ZOLO.

Ah! si les Dieux plus doux daignaient la conserver!

AMORIS.

S'ils daignaient nous la rendre et voulaient la sauver!

ZOLO.

Je veux, sur leurs autels, pour guérir Ezaïde,
Immoler une chèvre et le bouc intrépide,
Ainsi que deux chevreuils que j'ai pris dans les bois.

AMORIS.

Moi, je veux leur offrir trois brebis à la fois;
Deux agneaux des plus blancs, avec deux tourterelles,
Qui sont, de mes amours, les images fidèles.
Peut-être que les Dieux en seront attendris!

ZOLO.

Puissent-ils t'écouter, ô mon cher Amoris !
Mais rentrons. Le couchant s'est chargé de nuages ;
Sur le sommet des monts se forment des orages ;
Même je vois la foudre et des éclairs là-bas !
Rassemblons nos troupeaux ; précipitons nos pas ;
Déjà sous l'horizon le soleil va descendre ;
La tempête et la nuit pourraient bien nous surprendre.
Rentrons.... Libres alors, nous irons tous les deux
Offrir aux immortels notre encens et nos vœux.

FIN.

AVIS D'ÉZAÏDA.

Le manuscrit original de Zolo et Amoris date de 1852. Le lecteur comprendra facilement la portée prophétique de cette églogue.

Ezaïda fera imprimer successivement plusieurs autres ouvrages poétiques,

SAVOIR :

Trois Lamentations.

La Fraude.

Les Pipeurs.

Le Poëme sans nom.

Les Nouvelles Aiguilles.

La Tempête Théologique.

La Tempête sifflante ou quatre-vingt et quelques épigrammes contre Philippe-Noël-Paul-David, agresseur d'Ezaïda, comme aussi quelques compositions musicales, et la troisième édition des AIGUILLES.

LE TOUT, AU PROFIT DES PAUVRES.

www.ingramcontent.com/pod-product-compliance
Lightning Source LLC
Chambersburg PA
CBHW061439170626
46811CB00005B/2314